광연행 버스

시인의 말

시처럼 살고 싶었다. 시인처럼 살고 싶었다. 시간이 지나고 보니 시처럼, 시인처럼 산다는 건 참 어려운 일임을 알았다.

일기 같은 시, 노래 같은 시. 그걸 묶었다. 부끄러운 걸 알면서 글이라는 게 쉽게 달라지지 않았다.

오래된 골방 벽 위에 고1때 시화전에 쓴 액자가 걸려 있다. 달라진 게 별로 없다. 소년이던 나와 지금의 내가 다르다면, 젊었을 때의 나는 누구였단 말인가?

그때그때의 눈물과 웃음이 내 삶의 가장 중요한 순간임을 알았다.

이지은 소설가가 시집에 이쁘게 꽃실을 놓았다. 그저 삼겹살을 구워 줬을 뿐인데. 늘 곁에서 웃어주는 강미영 씨와, 매일 밤마다 딱딱하게 굳은 어깨를 안마해준 희철, 희수, 그리고 우리 막내에게 고맙다는 인사를 전한다.

차례

2부 늘 배 안쪽이 허전한 것은

3부 밤하늘 가에서 보초를 서다

4부 그때처럼 기타를 퉁긴다

5부 나는 또 멀어지고

1부
안남미 한 말 들고
집으로 가는 길

워낭소리

시보다 술이 더 가까운 안 시인과
인터넷바다 마린 보이 조선달과
옥동에서 워낭소리를 봤다

내 어릴 적 중학생 때부터 운산에 일주일에 한 번씩
안남미 한 말씩 날라다 먹을 때
그 쌀값으로 소여물을 창고에서 썰어야 했다

봄이고 여름이고 포대를 들고 석색빛 돌산을 돌고 돌아
소여물을 머리에 이고 오는데
철길 위로 내리는 비

아슴한 빗길 걷던 내 배다른 동생들 둘
숙아 권아 미안하다 정말!

그 워낭소리란 것이
내 소싯적 애먹던 풍경과 섞이어
영화보던 내내 눈이 시큰댔다

들키고 싶지 않아 눈물을 닦지 않았는데
자막이 올라갈 때 들려 온
해금 소리가 그만 눈을 확 찔렀는데

퇴장하던 사람들이 비키란다
어디 솟을 데가 있나, 갈 데가 있나, 몸 돌릴 데가 있나!

주먹으로 눈물을 닦으며 도망쳐 반 층 아래 계단에 앉아
먼저 간 울 큰엄마 생각에
통곡을 틀어막으며 한참 딸꾹댔다

소여물 썰 때 볏짚 잡아주고
비 오는 날마다 포대에 여물 담아주고
일요일 저녁이면 됫박으로 안남미 퍼 주던

닳고 닳은 손의 큰 엄마
모질고 밉던 세월 지나보니 알겠다
그 손이 전해주던 미운 정 고운 정

겨울 벤또

키 큰 영노는 수북하게 놓인 물기 없는 밥 위에
명태를 놓아 맛있게 먹었고
점심때가 되어서야 보자기를 풀며 아침에 끓여온
라면을 먹던 역시 키가 컸던 여자애가 있었지
지금은 여자애 이름도 얼굴도 기억나지 않아

나도 겨울에는 엄마가 없는 날이 많아서
어쩌다 바쁘게 일 나가는 엄마가
마른반찬을 담아주는 날이면
등굣길부터 점심시간을 기다렸지

맨날 겨우 내내 짠 김장김치가 내 점심 반찬인데
벤또 속에 계란후라이가 덮히자
벤또 위쪽에 자리한 김장김치도
얼마나 고소했던지

일 년에 몇 번 안 되던 고소한 점심
지금에사 생각해 보면

마른버짐 가시는 날 없었지만
누나와 형과 나
드물게 고소하던 점심이었지

광연행 버스

길 가 버드나무, 길 가 포플러나무
몸통 짱짱하고 키도 억수로 크다

길 가 코스모스 흔들리는
해지는 가을 저녁
쌀 한 말 들고 집으로 가는 길

기다리는 광연행 버스는 오지 않는다
앞산에 해지고 뒷동네엔 불 다 켜졌는데

어릴 때부터 쌀 길러 다닌 길
봄과 가을, 여름과 겨울
계절 바뀌어도 기다림은 익숙하지 않다

버스야 빨리 와라
집 앞에 엄마 기다린다

저 멀리 굽이 돌아 나오는

38번 광연행 버스
세상 밖으로 나타난
새하얀 등불

버스야 빨리 달려라
울 엄마 빨리 보게

그런 좋은 날에는

비 내리는 밤골목
마음이 눈보다 먼저 젖으면
추억들이 빗물을 타고 내린다

처음 말 건네던 와이프의 맑은 목소리
복귀하던 군복 속에 꾸겨준 만 원짜리 지폐 몇 장
여섯 줄에서 울던 기타의 구슬픈 소리
수학여행비 못 주어 울던 배불은
둘째 누나의 음성

봄비 내리는 저녁
소낙비 내리는 여름밤
낙엽 뒹구는 햇살 낮은 오후
함박눈 가득한 겨울

깊은 밤이
허름한 술집으로 흘러든다

김밥과 사이다

짙은 녹색 병에 담긴 알싸한 사이다
형과 같이 김밥 먹을 때 마시라고
엄마가 넣어준 사이다 한 병

형은 학년이 달라 더 멀리 갈 참이라
사이다가 내 차지가 되었다

이걸 언제 먹을까?

물가동네 일환이도 도시락을 싸 왔네
하얀 이밥인데 윗 칸에 빨간 고추장이 전부
그게 다다

김밥이 얼마나 먹고 싶었을까?

녹색 병에 있던 상표는 몰라도
알싸한 그 맛만은 기억난다

쑥부쟁이 강아지풀 가득한 그 강둑에
비추이던 햇살은 정말
따스하기만 했을까?

내 사랑 버꾸

초등학교 2학년 겨울 아침은 참말 추웠다
윗목엔 언 걸레가 돌덩이 되어 이리저리 발에 채였다
밤새 추워 잘못될까 싶어 버꾸를 정지 안으로 넣었다
새벽에 탄을 간 엄마가 정지문을 살짝
열어 놓는다는 걸 그날은 깜빡 잊었고

그 귀하다던 백색 아이스께끼를 먹이고
나무대문을 지나 오줌을 누고서
연탄재마저 언 골목을 따라갔다
뒷다리를 비틀거리며 비틀거리며
걷는 버꾸를 안고서 두 눈 꼭 감고 기도했다

하늘에 있는 하느님, 저 첨 부탁인데요,
울 버꾸 제발 살려주세요, 우리 버꾸 살려주세요 제발!

  빌면서도 좀 전 버꾸가 먹던 아이스께끼가 눈에서 지워
지질 않았다
  그 아이스께끼 덕분인지 기도 덕분인지

버꾸는 금세 씩씩해졌다

그러던 어느 날
학교에서 돌아와 보니 문 앞에서 날 반기는 버꾸가 보이
지 않았다
온 동네를 뛰어다니며 이름 불러도 버꾸는 나타나지 않
았다
집에 와 땡깡을 피우니 그제야 엄마가 말씀하신다

울 살림살이에 버꾸가 16500원을 보태 주었다

그길로 마당에 퍼질러 앉아 다리를 접었다 폈다 몸을 까
뒤집으며 발광을 했다
오래도록 울었다

평소 짠 울 엄마가 쥐어 준 핫도그 50개나 되는
하늘 나는 학이 들어있는 은사실 같은
500원짜리 동전도 싫었다

언제나 어느 때나 맞잡고 뽀뽀하던 울 버꾸
작별인사도 못 하고
가는 모습도 못 본 내 버꾸

평소에 없던 십 원짜리 동전이 그렇게 오래
주머니에 들어있더니
이래 될라꼬 이래 될라꼬

그걸로 울 버꾸가 좋아하던 꿀뚝과자 두 개 사서 한 개씩
나눠 먹고 싶었는데

며칠 후 내 울음이 지칠 즈음
학교갔다 방에 들어오니
장판이 녹색으로 바뀌어 있었다

그 장판이 버꾸 가죽 같아서 밤마다
얼굴을 장판에 부비면서
부비면서 울었다

그 뒤로 아주 오랫동안
집에서 키워진 강아지들에게 나는
모진 매와 발길질로 응수를 했고
다시는 강아지를 좋아하지 않겠노라
스스로 맹세했다 의지를 굳혔었다

이제 버꾸를 판 엄마만큼의 나이를 먹은 내가
원주까지 가서 눈 검고 말 없는 널 가슴에 안고서 왔다
내 입술을 핥을 때 버꾸의 향기가 나는 널 안고 왔다

아쉽고 그리운 세월의 독이 쌓인 가슴에서
외로움의 자락들이 조금씩
널 안은 오른쪽 가슴속에서
조금씩 새어 나가는 걸 보았다

늦가을 2

이미 떨어져 잃어버린 것
제 모양을 저버린 것을 모아
끈으로 엮는다

고2 비둘기 열차 속 그녀들의 웃는 목소리
고3 겨울방학 끝 여자 선배의 서울 입성 축하 장미 한 송이
군 제대 때 하늘 위로 날리던 파란색 병장 모자

술잔들
편지들
노래들

늦가을 낙엽 지듯
외로운 것 홀로 떨어지는 계절

쓸쓸하거나 그렇지 않은 것들

마음 밖으로 오동잎 밀려났다
슬프거나 외롭지 않다

계절이 남긴 건
약간의 미련뿐

엄마를 요양병원에 버리고 온 후
내 인생은 단풍잎이었다

볏짚단 옆으로 누운 논바닥으로
가을이 진다

가슴속 슬픈 것들은 모두 나와
땅바닥에 뒹굴고

그리운 것들을 꺼내 모아
노래를 부르지만

내 거친 목소리 늦가을 햇살
아래서 서성거릴 뿐

숙제검사

숙제를 해 가면 선생님이
숙제검사를 해 주신다
동그란 뺑뺑이 원
네 줄도 되고 다섯 줄도 되는

줄이 많아야 뿌듯해
저마다 삼삼오오 모여서 누가
누가 더 많이 그려졌나
누가 누가 더 크고 이쁘게 그려졌나
빨간 색연필 빙빙 돌아가는
재밌는 구경

숙제 안 해가서 맨날 뚜두려 맞나가
어쩌다 한번 해 간 숙제
빨간 동그라미 다섯 개가 그려진
공책을 가슴에 안고 집으로 달려간다
자랑으로 크게 부푼 가슴이

그예 터지려는지
터지면 자랑도 죽는 건지

비닐우산

타락 타락 소리가 나는 파란 비닐우산
간밤을 이어 장맛비 밤새 내리던 아침
우리 손엔 낚싯줄 터진 파란 비닐우산이
대나무 한두 개씩은 뿌사진
비니루우산이 있다

오늘 나는 고임쇠 없는 우산을 들고
학교 가는 내내 팔을 뻗고 가는데
옆집 이쁜 영희도 도꾸뿌리 영주도
빨간 꼬치장 딸라이도 딱지대장 코찔찔이도
다 비니루우산 들고 학교 가는데

그림판도 비를 맞고
엄마가 곱게 말아준 마분지도
비를 맞네

첫 구두

일찌감치 대학에 떨어졌다
고3 여름방학 때 의성 조일 아파트에 계신 아부지께
"독서실비 좀 주세요" 하니
"그런 말은 내 귀에 안 들리" 하셨다

자신은 형수에게 눈칫밥 얻어먹으며
교과서만 가지고 공부해도 다 됐다면서
참고서 값 좀 달라는 말에도 "귀에 안 들리"라시며
오백원짜리 동전 하나로 일축하셨다
안동 갈 차비였다

대학은 군대 갔다 와서 내가 돈 벌어 간다고 맹세하고
고3 여름방학 때부터 당구와 기타로 세월을 보내다
'이 정도쯤 뭐' 하다가 떨어졌다

철가방 때가 꺼멓게 밴 장날표 개장수옷을 입고
대학 합격자 명단 앞에 섰으나
몸이 땅으로 쏙 꺼지는 느낌이었다

늦은 오후 분식점 쪽방에서
전기장판 위에서
울고 있는 나를 봤다

달에 8만 원 받는 볶음밥 배달부
나보다 공부 못하던 농땡이들도 다 대학에 붙었는데

그해 초봄 대구로 놀러 간
내 손을 둘째 누나가 붙잡고
칠성시장 초입 큰길 건너편에서
구두코를 눌러가며
내게 구두를 사주었다

거금 2만 원짜리 구두
대학 떨어진 쓸쓸함을 달래기엔 작은 선물이라 여겼을
까
누나는 성인이 된 기념이라면서 웃었다

이십 년도 넘은 내 불쌍한 청춘의
섭섭하고 안타까운 맘을 달래라고
누나가 사주었던 내 첫 번째 구두를 꺼내 신고

골목을 나선다
비가 와도 상관없다

2부

늘 배 안쪽이 허전한 것은

가을밤

내 맘이 외롭다면 내가 외로운 거다
야향목 향기 엄마 젖보다 진한 가을밤에

들 줄도 날 줄도 모르는 귀뚜리가 울고
자꾸만 굽어 가는 내 어깨 위로
깊어가는 바람이 내려앉는데

나 모르게 잊혀져 간 밤들에게
받을 이 없는 사람에게
편지를 쓴다

모두 안녕한가

풍경

징처럼 깊지도 북처럼 장엄치도 않은
야불사 풍경 소리

긴 여운 남기고 떠나는 노을처럼
그리움이 가슴에 일렁이네

몸 저리도록 사무친 서러운 소리에
바람마저 놀라네

익숙해진다는 건

시내 네거리에서 중립시켜 놓은 기어를 D로 할 때와
파란색 신호가 바뀔 때가 정확히 일치할 때

첫사랑 그녀 얼굴이 생각나지 않아도 맘 흔들리지 않을 때
오지 않는 편지를 더는 기다리지 않을 때

거울 속 드문드문 난 흰 수염이 낯설어 보이지 않을 때
비 내려도 차 세차 걱정 앞서는 자신이 미워지지 않을 때

아버지 무덤이 괜한 짐처럼 느껴져 사람 사서 벌초해야
겠다고 맘먹을 때
더이상 날 위해 쓸쓸한 위로를 던지지 않을 때

눈 내릴 때도
초가을 햇살 채 가시지 않은 때도

울지 않을 때

왜 근니껴

산꼴째기에 눈은 언제이껴?
오고 접을 때 오겠째!
강남 간 제비는 어제 온다디껴?
때 되마 아오나!
요시 해로운 게 많애가 오는 것도 힘들다 그카디더만
아– 가 공부 잘 한다 그디더만
가요? 뭐 쪼매끔쓱 하니더!
지 어마이 닮아가 내 닮으마 택도 안될긴데
아 글쎄 가가 클타꼬요?
안 글타 그께네요! 소무이 짜자 하디더!
참 말또 아이다그이 왜 근니껴! 야!
아제요 왜 근니껴!

그래, 산다는 게 어쩌면

모처럼 국민학교 동창들 만나
얼마나 퍼 마셨던지
집 오던 버스에서 숨이 막혀
가랫재 휴게소서 버스더러 먼저 가랬다

손가락으로 두 번 토해 내니
좀 살만해져 아무도 없는 야외
벤치에 가로로 뻗어 누운 날

애기엄마 차 몰고 와 싣고 가던 여름 저녁에
나는 알았다
인생 이렇게 쉽게 가는 거라고
다 떠날 마당에 뭐 아쉬운 게 있겠냐고

그래도 내 닮아 철 없는 울 새끼 셋과
팔 뿌라져 밥도 올게 못해 먹는 할마씨가
눈에 밟혀

그리운 추억 뒤로 하고 인생 외로운 거 알았다고
막상, 떠난다니까
막상, 떠나려니까
왜 그렇게 서럽도록 눈물 나던지

귀한 손님 오시는 날

오늘 비 온다

비는 바로 떨어지는 것이 아니라

바람 따라서 이리저리 밀리기도 하고

자기들끼리 부딪혀서

그래!

어떻게든지 내린다

나 어렸을 땐 비가 흔했는데

중년이 된 지금 보고 싶을 때 보지 못하고

간절히 애절하게 하늘을 봐도 뵙지 못한다

어쩌다가 비 내리는 날은

그날은

하루종일 기분이 좋다

귀한 손님이 오시는 날이기에

강호식당

퀴퀴하게 곰삭은 냄새와 담뱃내 찌든 벽에 걸린
흰 아크릴판에 서툴게 쓴 세로글씨 몇 개

국밥 이천원
따로국밥 이천오백원
막걸리 천오백원
소주맥주 이천원

세평도 안되는 식당 가운데에 삼구이탄짜리 힘 좋은 연
탄난로
찬바람 맞고 들어온 객들을 불가로 모여들게 하고

빛바랜 플라스틱 사각통엔 다진 고추 다진 파
거칠어진 손으로 여는 수저통이 있을 뿐

다닥다닥 붙은 자리, 자리 중에 몇몇은 세상사 한탄에 벌
써
막걸리에 욕이 섞이는데 머리 곱게 센 부부 조용히 앉아

있다
　손 불편한 부인에게 남편이 선지를 떠 넣어주고 있다

　벌써 몇 해째 지갑 없는 내 잠바 속엔 두세 갈래로 접힌
지폐 한 장과
　끝 꾸려진 온전한 천 원짜리를 더듬는데

　간장에 담궈졌어도 제 성질 못 버리는 고추 몇 개와
　이도 잘 안 들어가는 깍두기 몇 개와
　뜨거운 국밥이 쟁반에 나왔다

　뜨거운 국밥을 먹고 나서도 늘 배 안쪽이 허전한 것은
　내가 너무 가난에 익숙해져 살아왔기 때문이다

　벌건 눈으로 식당 밖으로 나오자
　머리 위 회색빛 하늘에서 먼저
　하얗게 눈물이 떨어져 내리고 있었다

시월이야기

배달 간 꽈배기 봉지를 내려놓는 순간
주위의 사람들이 술잔을 사이에 놓고 만나던
그 사람들이 아닌 것 같았다

부러움 반 부끄러움 반으로 붉어진 내 얼굴을
깊은 가을이 달래주고 있었다

밀리는 차 안에서
서른여덟의 김광석이 부르는 외사랑을 들었다

고인 눈물마저 아까워서 눈감지 못하는
80년대 여공의 슬픈 마음

눈이 모자라 다 못 본다는 깊은 시월의
끝이 그리 멀지 않았다

우리가 사랑한 모든 것들이
계절과 같이 변해가고

언젠가는 끝이 나겠지만 여전히
눈물을 어쩌지 못한 채

엄마의 배웅

비오는 거릴 질러 할마씨인데 전화를 했다
한 번 두 번 세 번째 받는다

고향집 대문에 들어서니 벌써
압력밥솥 꼭따리 돌아가는 소리와
밥 냄새

저쪽 장판에서 4000원 주고 샀다던 칼치 찌제는 냄새가
물 옮겨 담는 내 코에 들어와 박힌다

꼬치 따오까?
양대를 넣어 밥도 꼬시다

엄마가 해 주는 밥은 늘 맛있다
세상에서 제일로 맛나다

그케 아-래 형인테 전화 왔띠라!
할마씨 다리 마이 아프다꼬 자주 들봐라꼬!

방학하마 아들 델꼬 온다 그카데!

갈치 발라 먹으랴 양대 밥 우겨넣으랴 말하랴
입이 바쁘다

감자가 금이 올랐데이 좋케 들고가!
꼭 헤쳐 놓코 어두운데 놔야 된데이 안그마 아리데이

차에 시동 거는데 할마씨 골목앞까지 꼭 따라 나온다
나오지 마라 그이!
드가라 비 온다! 얼러 드가라!

차가 앞으로 미끄러져 마실 어귀를 돌 때까지
할마씨 그대로 서 있다
청승맞게 비까정 맞아 가면서

할마씨 어쩌면
이게 마지막일까 싶어가 그라는가?

드가라 그이!

할마씨 우산은 어디다 두고 비까정 쫄떡 맞고
내내 구부정히 서 있다

비 오는 날의 단상

야 비 온다!
커텐 밖이 어둑하면 비가 오는 줄 안다

야, 비 온다!
이상하게 기분이 좋다
아침 눈을 뜨면 몸이 이래 개운하데

누구는 비 오면 기분이 파이다 그던데
화단에 심은 채소에 날마다 물을 퍼 줘도 잘 안 크는데
비 오는 날엔 그날 낮동안 만 내 손이 쪽시러울 정로도
무럭 무럭 자란다
비에는 수돗물에 없는 질소성분이 있어가 글타꼬
옆집 부지런한 농부가 얘길해 줬다

야! 비 온다
차 지붕에 타닥타닥 떨어지는 빗소리가 좋다
거리를 걷는 이름 모르는 여자 발걸음이 좋다

예전엔 몰랐는데
난 모르는 여자가 더 좋라
형형색색의 우산 속에서 다리 이쁜 여인과 걷는다
손목 하얀 여인과 걷는다
허리 날씬한 여인과 걷는다

햐.
어깨에 팔이 올라간다
야! 비 온다! 비가 진짜로 잘 온다

3부
밤하늘 가에서
보초를 서다

제헌절과 아이스께끼

무료하게 앉아 있자니 소지*가
아이스께끼 윗 뚜껑을 따서 내민다
월드콘, 너 이래 맛나던 녀석이던가?

정양이시더!
다른 사람은?
정양이라 그께네요!
월드콘이 모두에게 같이 나왔나 보다

씹지 않아도 춤이 너실 너실 나와 차갑고
달콤한 널 내 혼이 먼저 반긴다
밖에 있으면 뭐 맛이 별로니 아니니
쳐다도 안 보던 놈들인데

이 안에서는 다 귀하디 귀하다
밖에서 제 아무리 잘 나가고 잘 친다 해도
여기 들어오면 다 똑같이 모지리가 된다

배고프다는 것 하루가 참으로 길다는 것
그 둘만 참으로 평등한

먹어도 먹어도 배고프고
길기는 우라지게 긴 이곳의 하루

*작업장이나 사동에서 식사준비나 청소를 하는 수용자

숟가락

점심시간도 한참이나 지나 화장실 다녀오는 길
옆에서 누군가가 서성대며 따라오더니
어렵게 말을 꺼낸다

주임님! 숟가락이 없어서
계속 젓가락으로 밥을 먹다보니…

없는 게 있는 것 보다 많은 수인의 생활
여기 들어오면 저나 나나 별반 다를 게 없다고 생각했는
데
그 얘길 들으니 서글펐다

숟가락 없이 점심을 몇 날 며칠 먹은
수용자 앞에서 정복을 입고 목에 힘이나 주고 있는
나 자신이 공연히 서글펐다

교도관

홍차 티백을 지인에게 얻었다
별스럽지 않게
이리 뒹굴다 저리 뒹굴다 하던

오뚜기 보온 물통에
선수가 떠온 온수로 차를 마신다

밖에선 그냥 한 번 우리고 버리는 것을
여기서는 세 번 우린다
오전 10시 낮 12시 오후 2시 반

티백을 하루 세 번 우린다
그 시간이 오뚜기 물통 열 받는 시간이다

여기서는 군대 이등병생활
얘기하지 마라

여기있는 17년 동안

단 하루 배가 고프지 않은 날이 없었다

군대에서는 건빵도 주는데
이곳엔 왜 건빵도 없는지

돌아갈 곳이 다른

그들이 돌아가는 세 평 남짓한 수인의 방
낮에 같이 있다가도 저녁이 되면
돌아가는 곳이 다르다

오후 5시가 되면 뭐가 그리 좋은지
앞다퉈서 가는 곳
마치 차를 빨리 몰아
목적지에 다다르는 것과 같은데

세 평 남짓한 그 방이
그들이 돌아가 몸 뉘는 곳이다

동네 아주메 이야기

아줌마1 : 아 야얘이! 옆집 아저씨 뭐 한다꼬?

아줌마2 : 책 판다 그드라!

아줌마1 : 책, 책이 되나?새로 이사온 502혼 뭐 한다 그도?

아줌마3 : 어데 댕긴다 그던데…그게 뭣이라 한날은 낮에 집에 있고 또 한날은 밤에 집에 있고 당체 헷갈리 싸서.

아줌마1 : 그 아저씨 깜방에 왔다 갔다 근다 그던데

아줌마2 : 아이고 야드레이 무섭어라! 깜방이 감옥 아이가?

아줌마4 : 깜옥소 다닌다 그더라!

아줌마3 : 깜옥소!! 그라만 혹시 옥…옥 옥쫄!

아줌마1 : 아 야드레이 그집 아 어마이는 무섭버 어예 산다그도!

아줌마5 : 사람도 막 팬다 그 - 근데 아이 무섭버레이!

그날 저녁 엘리베이터 안

곱게 생긴 다섯 아줌마의

썽그런 시선이 내 뒷목에

박히고 있었다

교도소에서 11

문은 막혀 있고
느낄 준비는 다 됐다
철 지난 유행가 가사에도
며칠 지난 신문에도
쓰다가 만 일기장에도
눈물이 떨어진다
여긴 누가 뭐라는 사람도 없다

겨울비

담 안과 밖에
젖은 비가 쇠창살 사이로 내린다

몸이 갇혀서야 비 내리는 밤을 본다
첩첩고 쎄하게 젖은 공기

숨 깊게 마신 뒤 내 뿜자
허연 김이 빗속을 가르며 난다

고단한 잠

수인들이 잡니다
복도로 들려오는 코 고는 소리도
아련하게만 들리는 한밤중에
난 늘상 달려오는 졸음에 몸부림칩니다

외로워서일까요
아직 못 본 사람이 있어서 그런 걸까요
눈만 감으면 금세 잠이 밀려옵니다
딱히 해야 할 것은 없지만

늘 나아져야만 하다고 맘은 바쁘고
그것이 운동이든 글쓰기든 연애학이든
그러면서도 잠은 떨어지질 않습니다

수인들 수십 명이 자기 때문인가 봅니다
같이 고단한 삶 잠시 쉬어가자고 유혹하지만
그래도 난 잘 수가 없습니다

외로운 사람들의 잠이

유성처럼 날아다니다 떨어질까 봐

밤하늘 가에서 보초를 서고 있습니다

경교대 막사

나트륨등 서너 개가 반짝이고
막사 중간에 경교대원
그리운 사람에게로
보내는 목소리를 내고

이제 열 개도 되지 않은 내무반
창문 형광 불빛

이 겨울이 마지막이구나
돌아오는 여름이면 모두들 떠나간다는데

내 떠나온 군대는 후배들이 아직도 있겠지만
교도소를 닮아 외로운
한 동짜리 막사 불빛 볼 날
이제 얼마 남지 않았다

철장 너머 보이는 경교대원 막사의 불이 꺼지고
겨울에 내리는 눈과 바람이 차디찬 계절 속으로

아무도 모르게 잊혀져 갈 뿐

이삿짐을 싸면서

6개월 전 이곳으로 배치되어 왔을 때
시간이 언제 다 지나갈까 싶었는데
내일이면 아침마다 뛰어오는 근무 끝난다

여기 사람들과 정이 들었는데
더 정들기 전에 떠나야 한다

수인과 나는 어떤 관계일까?
우리 선배님은 기차와 레일 관계라고 한다

책상, 책꽂이, 그리고 고물 컴퓨터에서
내 흔적을 지운다
떠나고 없을 나를 지운다

4부

그때처럼 기타를 퉁긴다

그때처럼 기타를 퉁긴다

시가 있는 벽 밑에서
지나버린 일들과
미처 기억하지 못한 얼굴과
이제 영원히 기억 속에 저버린
빛바랜 흑백사진의 모서리처럼 바랜
기억들을 하나씩 주워 모아
그때처럼 기타를 퉁긴다

악보들이 누워 있는 평평한 바닥에
모처럼 깨끗한 나무도마를 눕히고
먼지 속에서 먼저 일어날 것만 늦봄은
괜한 어려움과 슬픔으로
나에게 달려오는데

뭘 해도 그렇게 기쁘지 않고
뭘 먹어도 그렇게 맛나지 않고
어떤 상상을 해도 그렇게 엇나가지 않고
내가 이미 늙은 것인가

옛날 같은 바람에게 슬쩍 되물어 보며
5월 깊은 밤에 쨍한 정신으로
그때처럼 기타를 퉁긴다

오늘 하루

이른 아침, 뒷산 오르다 문득
오늘 하루 어깨가 아프지 않을 정도만
오늘 하루가 힘에 부치지 않을 정도만
사는 날이었으면 좋겠다는 생각으로

몸에 좋다는 소나무를 껴안아보는데
적송도 아닌 꺼추리한 게
꼭 한물간 내 모습 같다

떨어지는 빗방울을
꿀밤나무 이파리와 아카시잎이
막아 준다

인생이란 게 나 대신 비를 맞아 주는
나뭇잎도 포함하는 거지
나 혼자서는 빗물 한 방울도
못 막는 때가 있지

몽롱한 아침 산에
내리는 비가
꿈의 자락처럼 길을 내어준다

비 내리는 날 4

간밤 술기운이 떨어지지 않은 아침
비가 내린다
새벽 아는 사람 머리칼에서부터
묻어온 너
들었던 술잔을 놓았다
그래 내가 언제 제정신인 적이 있었던가!
열린 창문으로 빗소리가 스며들고
등따리가 시렵네

한쪽 문 닫고 보니 이상토하다
비가 저짜 가버린다
또 한 번을 열며 바라보는 세상
하늘에 비 땅엔 얕은 물웅덩이

바라보는 것만으로 이렇게 기분이 좋은 게
세상에 얼마나 될까?

창문을 열고 비를 보며

나도 이 비 같은 사람이 되고 싶다고 읊어 보건만
궁핍한 삶 속에 스며든 무엇이
버럭 소가지를 내는데
열어 놓은 창으로 비의 기운이
자꾸만 밀려 들어온다
어, 정말로 등따리가 시렵다

일회용 커피

뜨거운 물 가득 부어서
한동안 있다 반쯤 버린다
그 위에 커피 믹스를 붓는다
몸 생각한다고 설탕 있는 끝부분
힘껏 눌러 막지만
찌게 넣을 때 넣는 미원만큼 남은
설탕, 에이, 다 넣자
간밤에 먹은 술기운이
슬며시 스뎅 커피잔을 돌고
은근히 밀려오는 고독
벌써 단가!
나는 타인에게 영양가 있는 사람은 못되고
어쩌면 그냥 달기만 한 사람은 아니었을까?
식어가는 커피잔 바닥이 보이면
뜨거운 물 가득 붓고
설탕을 다 넣을까 말까
또 주춤거린다

그래서

사람들이 신나는 노랠 들으면 즐겁다 한다
사람들이 신나는 노랠 들으면 흥겹다 한다

그래서 나는 노래를 부르게 되었는데
어찌 된 심통인지 즐겁지 않다

세상살이가 다 즐겁지만은 않고
세상살이가 다 슬프지만도 않아서

설운 노랠 자주하는 나
그래서 내 주위엔 친구가 없다

손톱

손톱은 손가락을 보호하기 위해 자란다

난 손톱을 두 번 사용하는데
하나는 손가락을 보호하기 위해
또 하나는 기타를 칠 때 쓴다
왼손은 짧게 자르고
오른손 손톱은 옥처럼 애낀다

눈이 닫히면

사람들은 영혼이 있다고 하지만

어디에 있는지는 다들 모른다

심장에 있다고도 하고 배를 가리키기도 하고

고매한 분은 머리에 있다고도 하는데

확실한 것은, 영혼이 몸 안에 있다는 것이다

몸이 닫히면 그때 영혼도 같이

몸 안에 갇혀 눈을 감는다는 것이다

눈이 닫히면 맘도 닫히는 것처럼

금낭화 꽃

어데 맘 둘 곳 없다는 큰시아* 집에
금낭화가 저리 곱게만 피었습니다
외로운 맘처럼 생긴 고만고만한 꽃이
파란 외가지를 따라 몽알몽알 피었습니다

집으로 오던 길 오래 보자던
그 말이 좋아서 너무 좋아서
산골짝 큰시아 집 작은 꽃밭엔
내 마음처럼 금낭화꽃이 가득 피었습니다

*악양 박남준 시인

78

노래

요즘 부쩍 노래할 때
소가지를 보입니다

지지 않는다 이 험한 고음은 반드시 넘는다
숨이 끊어져도 이 음만은 필시 넘고 말리라

예전에는 이러지 않았는데
필시 마음 가운데에 욕심이 꽉 차 있어
그런가 봅니다

아닌 척, 예술가인 척, 잘하는 척
자기자신에게 위선을 떠는데
행여 다른 사람이 따라 느낄까 봐
거친 맘 추스르기가 힘이 듭니다

노래할 때 자꾸만
제 속내가 드러납니다

제 성질 따라 칼날 진

목소리가 점점 두려워집니다

청양고추

청양고추를 윗주머니에 넣어 다니는 시인이 있다
매운 고추가 그리 좋을까
하기사 속 답답할 때 하나 먹으면
속이 뻥 풀리기는 하지만

척박하고 게으른 소시민의 텃밭에서 자란
고추는 맵지만 달지 않다
밑거름 많이 준 부지런한 농부의 땅에서 자란
고추는 맵고도 달다

아달달한 녀석들을 먹으면
목을 타고 식도로 현기증이 나기도 한다
맵긴 쉬워도 달고 맛나긴 어려워

신바람 황박사는 매운 거는 먹지 말라는데
한번 맛 들이니 좀처럼 끊기가 어렵다

한겨울 밤

귀한 손님이 사무실에 왔다
밤기차 시인, 들풀형, 갈퀴머리 멋진 한창훈 소설가
술이 돌고, 학가산 오징어 무침회를 자시더니
세 분 다 좋아서 빙글 빙글

술과 노래 주술 같은 강호 얘기도 시들해진
때는 한겨울 밤
사무실엔 보일러가 없다

따로 여관으로 모시고 싶은데
아 정말 너는
돈 몇만 원도 없이 살아왔나
눈물나게 내 자신이 서러웠다

집엘 가서 이불을 들고 와서
한 겹씩 더 덮고서는
전기난로 하나 켜 놓고 넷이서 잤다

낮게 낮게 코들 고는 소리
코 고는 소리가 괜찮아 괜찮아
다독이던 그 한 겨울밤

5부
나는 또 멀어지고

온다던 그 사람은

꽃피는 봄 오면 온다던 사람
산벚꽃 피고진지 어언 열두 해
슬픔도 그리움도 눈물에 젖어
기다리고 기다리며 세월은 지네

눈

당신 보내고 돌아오는 강변길
눈이 내린다

지난밤 흔들리는
백열 등불 아래서
당신의 고운 두 손으로
따뤄 주는 술을 마셨다

애써 미소를 머금던
당신의 엷은 얼굴
내 눈물보다 더 사랑했던
당신과 당신과의 추억

앉은 그대의 떨리던 어깨너머
투명 반창고 붙여진 유리창 밖에선
언제부턴지도 모르게
당신의 머리칼에서부터
눈은 내리고 있었다

여기가 마지막인가
당신의 눈빛을 뒤로 두고
걷던 새벽길

하늘 아래 온갖 것들이 다 하얗기만 하고
미쳐 버릴 것 같아
뜨거운 가슴에서 내려간 발끝
거기 닿던 눈 밟히는 소리

새벽 기차는 당신과
당신의 눈빛 머물던 곳마저 모두 싣고서
눈발 속으로 사라져 가고 플랫폼엔
눈이 모자랄 정도로 새하얀
눈이 쏟아지고 있었다

너에게

내 흔들리는
뒷모습을
너에게만은 보이고
싶지 않아
멀리, 더 멀리
길을 돌아갑니다

기다리는 날들

멀면 얼마나 멀까

기다리는 세월은 아득하기만 한데

길면 또 얼마나 길까

그대 보내고 돌아오는 길에 내리는 눈은

널 보내는 밤

네온등에 비친 안개마저도 쓸쓸했다
북으로 난 역 대합실 개찰구 근처
얼굴 모르는 사람들이 저마다 갈 길은 달라도
어디로든지 떠나가는 초겨울

집 없는 사람 몇몇이 스팀의 온기로 졸고
그리움과 허전함으로 늘 외로웠던 사람들이
세상으로 떠나가는 열차로 향했다
저마다의 짐을 몸으로 굳게 쥐고 있었다

유난히 희고 붉은 네 손을 놓았다

길게 밤기차는
눈물 같은 기적을 울렸다
창가에 앉은 그녀를 태운 채
안개 깊은 저쪽으로 멀어져 갔다

밤의 플랫폼으로 그림자 하나 주저앉았다

마른 잎

오늘 내 나이만큼이나 오래된 들창문을 열고
코스모스 향기 짙은 거리를 본다

아직은 나무에 매달린 마른 잎들
위태롭게 바람이 불었다

이 가을에 헤어졌던 그 사람
이맘때면 언제나 생각나는 그 사람

외로움 많고 수줍음 많았던 그 사람
잊혀지지 않는 그 사람

코스모스 향기 짙은 거리에 바람이 불고
고목의 마른 잎 하나가 기어코 떨어진다

가인 송창식

예전 들었던 노래
고등학교 때 내내 부르던 노래

잊혀진 줄 알았는데
진작 잊은 줄 알았는데

비 오는 이 아침에
그 사람, 그의 노래가
나를 데리고 나선다

자전거로 오르던 등굣길로
그 길, 그 사람들 속으로

이별

다시 볼 수 있을까?
가로젓는 네 얼굴

차라리 눈 감아 버렸다
겨울 아침

사람들이 오르내리고 간 텅 빈 기차역에
가방을 움켜쥔 네 손등 위로 겨울 햇살 내리고

행복하길 빌게
난 아직도

내리깔린 그녀의 눈은 움직이지 않았다
가슴속 할 말은 많아도

초연한 네 눈에서 사랑이 떠나간 걸 알았다

언제, 문득 네가 외로울 때

다시 돌아오라고

언제까지고 기다리겠다고
말하지 않았다

기차는 겨울 햇살 속으로 달려가고
돌아선 내 뒤로 기적이 무거웠다

눈 오시는 날에도

눈은 그리운 사람의 맘과 닮았다

쉬이 볼 수 없고
쉬이 내리지 않고
쉽게 자리하지 않는다

그대 떠나던 뒷모습
떨어지던 하얀 상념의 추억들

눈은 그리운 이와 닮았다
눈은 그리운 그와 닮았다

볼 수 없고
기별도 없고
기다리게만 하고

강의 목소리

물안개 피어나는 다리 위
삿갓모양 가등에 불이 켜지고
내 마음에도 점등

이젠 기억마저 아련한 옛일을
기다리는 불빛들

잊어버리자 잊어버리자 해도
안개처럼 스멀스멀 피어나는
열여덟의 그녀 목소리

내 한쪽 가슴을 향해 달려오고
불빛 되어 기다리지만

자욱한 안개
나는 또 멀어지고

해설

진솔하여 커다란 울림을 주는 세계

이지은(아동청소년문학가)

1. 감추지 않음으로써 울림을 증폭하는 언어들

쓸쓸함을 '쓸쓸함'이라 말하는 시를 읽어본 지 오래된 것 같다. 외로울 때 '외롭다'고 적지 않는 것이 '현대시'의 미학처럼 여겨지는 탓일까. 눈물이 흐르는 순간도, 그 울음을 참는 순간도 모두 약속한 듯 감추고 대신 다른 사물에 대해, 여기가 아닌 저기에서, 낯섦의 강박에 걸린 것처럼 타자화된 세계를 응축한다. 그래서 독자는 화자의 안으로 들어가지 못하고 그 주변을 헤매면서 언어로부터 멀어진다. 마치 우리에게 눈물도, 울음소리도 사라진 것처럼. 혹은 한 번도 울어본 적 없는 사람들만 모인 것처럼.

위대권의 시는 사라진 그 세계를 다시 불러온다. 눈물이 흐르는 순간을 감추지 않고, 울음을 참던 모습을 낯설게 그려내지 않는다. 대신 그 시간과 공간으로 독자를 데리고 가서 화자의 시선에 독자의 시선을 겹칠 수 있도록 한다.

시보다 술이 더 가까운 안 시인과
인터넷바다 마린 보이 조선달과
옥동에서 워낭소리를 봤다

내 어릴 적 중학생 때부터 운산에 일주일에 한 번씩
안남미 한 말씩 날라다 먹을 때
그 쌀값으로 소여물을 창고에서 썰어야 했다

봄이고 여름이고 포대를 들고 석색빛 돌산을 돌고 돌아
소여물을 머리에 이고 오는데
철길 위로 내리는 비

아슴한 빗길 걷던 내 배다른 동생들 둘
숙아 권아 미안하다 정말!

그 워낭소리란 것이
내 소싯적 애먹던 풍경과 섞이어
영화보던 내내 눈이 시큰댔다

들키고 싶지 않아 눈물을 닦지 않았는데
자막이 올라갈 때 들려 온
해금 소리가 그만 눈을 확 찔렀는데

퇴장하던 사람들이 비키란다
어디 솟을 데가 있나, 갈 데가 있나, 몸 돌릴 데가 있나!

주먹으로 눈물을 닦으며 도망쳐 반 층 아래 계단에 앉아
먼저 간 울 큰엄마 생각에
통곡을 틀어막으며 한참 딸꾹댔다

소여물 썰 때 볏짚 잡아주고
비 오는 날마다 포대에 여물 담아주고
일요일 저녁이면 됫박으로 안남미 퍼 주던

닳고 닳은 손의 큰 엄마
모질고 밉던 세월 지나보니 알겠다
그 손이 전해주던 미운 정 고운 정

– 「워낭소리」 전문

　시 「워낭소리」에서 시인은 '워낭소리'라는 영화의 장면을 통해 과거의 기억을 소환하며 그 기억이 불러오는 그리움과 서러움의 정서로 '주먹으로 눈물을 닦'고 '통곡을 틀어막으며 한참 딸꾹'거린다. 큰엄마가 '포대에 여물'을 '담아주고', '안남미'를 '퍼 주던' 구체적인 행위를 기억하면서 마음 깊은 곳에서 북받치는 감정을 솔직하게 드러낸다. 이

를 통해 독자는 퇴장하는 통로를 막은 채 어디 숨을 곳도
없이, 딸꾹질을 할 만큼 격한 그리움을 토해내는 시인의 등
을 두드려주고 싶은 장면 속으로 빨려 들어간다. 모든 시어
가 오해의 소지 없이, 낯설고 먼 세계가 아닌 바로 이곳의
이물감 없는 감정을 노래하는 데 쓰이기 때문에 「워낭소
리」는 독자에게 더 깊은 울림을 준다.

　배달 간 꽈배기 봉지를 내려놓는 순간
　주위의 사람들이 술잔을 사이에 놓고 만나던
　그 사람들이 아닌 것 같았다

　부러움 반 부끄러움 반으로 붉어진 내 얼굴을
　깊은 가을이 달래주고 있었다

　밀리는 차 안에서
　서른여덟의 김광석이 부르는 외사랑을 들었다

　고인 눈물마저 아까워서 눈감지 못하는
　80년대 여공의 슬픈 마음

　눈이 모자라 다 못 본다는 깊은 시월의
　끝이 그리 멀지 않았다

우리가 사랑한 모든 것들이

계절과 같이 변해가고

언젠가는 끝이 나겠지만 여전히

눈물을 어쩌지 못한 채

– 「시월이야기」 전문

　이 시에서도 시인은 솔직하게 자신을 드러낸다. 시인은 꽈배기를 팔고 배달하는 일을 하면서 지인들을 만난다. '술잔을 사이에 놓고 만나던' 순간에는 그들도 자신과 같은 사람이었고 동등한 지위였을 것이나, 꽈배기를 건네는 행위가 그 관계의 평형추를 흔든다. 그들이 시인에게 '부러움'과 '부끄러움'을 느끼게 하는 타자가 되면서, 시인은 외로움과 소외를 느끼고 '우리가 사랑한 모든 것들이' 달라지는 순간을 직면하며 '눈물'을 흘린다. 이 눈물의 의미는 무엇일까? 자신의 처지에 대한 한탄과 슬픔에 더해, '함께'라고 믿었던 존재들이 더 이상 같은 테두리 안에 있는 '나'와 같은 존재가 아니게 됨으로써 생기는 간극, 그 거리감에서 오는 아득한 서러움이 아닐까.

　이 시의 아름다움은 바로, 그 감정과 간극을 직시하는 데 있다. 시인이 느끼는 것을 에두르지 않고 점잖은 체하지 않는 진정성, 위선 없이 풀어내는 언어가 독자에 닿아 공명하는 것 부끄러운 것을 부끄럽다고 말하고 부러운 것은 부럽다고 말하는 천진한 울림이 생명력을 가진 시를 만든다.

> 엄마를 요양병원에 버리고 온 후
> 내 인생은 단풍잎이었다
>
> – 「쓸쓸하거나 그렇지 않은 것들」 부분

> 막상, 떠난다니까
> 막상, 떠나려니까
> 왜 그렇게 서럽도록 눈물나던지
>
> – 「그래, 산다는 게 어쩌면」 부분

> 숟가락 없이 점심을 몇 날 며칠 먹은
> 수용자 앞에서 정복을 입고 목에 힘이나 주고 있는
> 나 자신이 공연히 서글펐다
>
> – 「숟가락」 부분

시인은 「쓸쓸하거나 그렇지 않은 것들」에서는 엄마를 요양병원에 '버리고' 왔다고 고백하며 「그래, 산다는 게 어쩌면」에서는 '서럽도록 눈물'이 났다고 말한다. 시인은 감추지 않고 비약하지 않으면서 현실을 똑바로 바라보고 자기 내면을 드러낼 줄 안다. 시 「숟가락」에서는 교도관으로 일하던 당시 경험이 나타난다. '수용자'가 '주임님'인 시인에게 '숟가락이 없어서' 젓가락으로만 밥을 먹어야 하는 처지를 어렵게 이야기하는 장면에 이어, '숟가락 없이' 먹는 점심에 대한 시인의 시선이 담긴다. 시인은 숟가락 없이 먹는 점심을 '서글픈' 식사로 인식한다. 그것은 존엄하지 않은 대우, 사람이 사람답게 밥을 떠먹는 행위마저 자유롭지 못한 현실을 안타까워하는 마음이다. '수용자'들을 낯선 타자로 혹은 계몽해야 할 낮은 죄수들로 대하지 않고 자신과 같은 존재로 동등하게 바라보기 때문에 뒤에 이어지는 '목에 힘이나 주고 있는' 자신에 대한 성찰로 시상이 확장되는 것이다. 그런 자신을 '서글'프게 바라볼 줄 아는 힘이, 시인이 인간을 대하는 자세이고 시를 통해 노래하는 생일 것이다.

2. 체화된 말로 쓰는 살아있는 시

어느 지역 방언이든 각각 어감과 쓸모가 다르겠지만, 특히 경상도 방언은 남다른 데가 있다. 말의 리듬이 빠르고 어휘가 주는 느낌도 거칠다. 된소리가 들어간 종결어미를 연달아 쓸 때는 아무리 부드러운 상황을 담아도 부드럽게 들리지 않는다. 갈등을 드러내기에 적합한 말투라고 할까.

하지만 그 거칠고 정제되지 않은 느낌으로 인해 오히려 순수하고 천진하며 위트 있는 분위기를 줄 때도 있다. 위대권 시인은 이런 방언을 자유롭게 시어로 쓰며 또 한번 격을 깨뜨리고 벽을 뛰어넘어 새로운 시를 쓴다.

> 그래 내가 언제 제정신인 적이 있었던가!
> 열린 창문으로 빗소리가 스며들고
> 등따리가 시렵네
>
> — 「비 내리는 날 4」 부분

> 정양이시더!
> 다른 사람은?
> 정양이라 그께네요!
>
> — 「제헌절과 아이스께끼」 부분

'등따리'가 시려운 것은 '등'이 시려운 것과 다른 촉각적 감각이다. 그것은 청각의 촉각화, 공감각에 가깝다고 해야 할 정도다. 등따리는 등보다 더 흙과 땀과 비리고 서럽고 서글픈 것에 닿아 있다. 이것을 '등'이라고 썼다면 전혀 다른 시가 되었을 것이다. 그러나 시인은 자신이 평소 쓰던 말투와 리듬을 그대로 시로 가져와 구어체의 시를 씀으로써 어떤 조미료도 없이 말맛을 우려내면서 시인과 시를 일치시키고 있다. 「제헌절과 아이스께끼」에서도 마찬가지로 '이시더!'와 '그께네요!'라는 독특한 방언의 어미를 가져와 교도소 내에서 일어나는 대화를 생생하게 표현한다. 얼핏 이방의 언어처럼 들리는 말이기 때문에 독자는 대화 상황을 바라보는 관찰자가 되었다가도, 방언이 주는 말맛과 대화에 스민 음악적 감각에 묘한 카타르시스 또한 느끼면서 시를 즐길 수 있게 된다.

아줌마1 : 아 야얘이! 옆집 아저씨 뭐 한다꼬?

아줌마2 : 책 판다 그드라!

아줌마1 : 책, 책이 되나? 새로 이사온 502혼 뭐 한다 그도?

아줌마3 : 어데 댕긴다 그던데…그게 뭣이라 한날은 낮에 집에 있고 또 한날은 밤에 집에 있고 당체 헷깔리 싸서.

아줌마1 : 그 아저씨 깜방에 왔다 갔다 근다 그던데

아줌마2 : 아이고 야드레이 무섭어라! 깜방이 감옥 아이가?

아줌마4 : 깜옥소 다닌다 그더라!

아줌마3 : 깜옥소!! 그라만 혹시 옥…옥 옥쫄!

아줌마1 : 아 야드레이 그집 아 어마이는 무섭버 어예 산다그도!

아줌마5 : 사람도 막 팬다 그 - 근데 아이 무섭버레이!

그날 저녁 엘리베이터 안

곱게 생긴 다섯 아줌마의

썽그런 시선이 내 뒷목에

박히고 있었다

- 「동네 아주메 이야기」 전문

산꼴째기에 눈은 언제이껴?

오고 접을 때 오겠째!

강남 간 제비는 어제 온다디껴?

때 되마 아오나!

요시 해로운 게 많애가 오는 것도 힘들다 그카디더만

아– 가 공부 잘 한다 그디더만

가요? 뭐 쪼매끔쓱 하디더!

지 어마이 닮아가 내 닮으마 택도 안될낀데

아 글쎄 가가 클타꼬요?

안 글타 그께네요! 소무이 짜자 하디더!

참 말또 아이다그이 왜 근니껴! 야 !

아제요 왜 근니껴!

- 「왜 근니껴」 전문

「동네 아주메 이야기」와 「왜 근니껴」는 둘 다 대화를 담
고 있다. 「동네 아주메 이야기」는 엘리베이터를 탄 시적화
자와 동네 아주머니들의 웃지 못할 에피소드를 생생한 구

어로 들려준다. 엘리베이터라는 한정된 공간 안에서, 그저 제3자로서 가만히 이야기를 들을 수밖에 없는 시적화자를 전혀 고려하지 않고 자신들의 대화에 열중한 아주머니들의 말이 마구 쏟아져 내린다. 엘리베이터 안이 거칠고 들쑥날쑥한 날것의 언어로 숨막히게 가득 차는 느낌이다. 독자역시 시적화자가 되어 고스란히 그 말들을 들어야 한다. 그녀들은 타인의 이야기를 아무렇지 않게 하며 그들의 일상을 관찰하고 짐작하고 부풀리며 두려워하고 있다. 경상도 방언만으로 이루어진 이 구어의 문장들은 대화 내용의 긴장감을 담기에 적합하다. 그렇기 때문에 '깜옥소'에 다니며 '사람을 패는' 존재에 대한 무성한 소문의 따가운 시선이 시인의 뒷덜미를 향하는 순간, 독자는 긴장감이 위트로 돌아앉는 과정을 목격하며 슬그머니 웃게 되는 것이다.

「왜 근니껴」는 마치 선문답 같은 대화로 이루어져 있다. '산골짜기에 언제 눈이 오냐'고 묻자, '오고 싶을 때 온다'고 대답을 하며 '강남 간 제비' 역시 '때가 되면 온다'고 답하는데, 발화자가 누구인지 아무 맥락이 주어져 있지 않아 독자는 상상력을 발휘해야 한다. 다만, 두 사람 중 한 사람은 경어체를 쓰고, 다른 사람은 그렇지 않다는 것을 통해 두 발화자는 위계가 다른 존재이며, '지 어마이'를 둘 다 알고 있다는 점에서 시적화자의 가족을 잘 알고 있는 사이일 것이라는 추측은 가능하다. 그러나 이 대화 역시 '왜 근니

꺼!'라는 소통의 부재로 이어지면서 예고 없이 멈추고 독자의 궁금증을 자아낼 뿐이다. 도대체 이 두 발화자는 어디에서, 무엇을 하다가 뜬금없이 이런 대화를 나누고 있는 것일까? 대화는 왜 '눈'과 '제비'를 거쳐 갑자기 자식 이야기로 넘어가는 것일까? 그런 뒤 어떤 결론도 맺지 않고 둘의 대화는 맴돌이를 하다 뚝 끊어지는데 이들이 하고 싶었던 말은 결국 무엇인 걸까? 시는 시간과 공간과 인물에 대해 명확한 정보를 주지 않으면서 탁구공처럼 튀는 대화를 그대로 보여준다.

그러나 곱씹을수록 이것이 진짜 대화인지도 모른다는 생각이 든다. 누군들 대본에 쓰인 대로 (차분한 목소리로) (옷깃을 여미며) 준비된 듯이 대화하겠는가? 시작과 마무리가 정해진 대화는 살아있는 대화가 아니다. 때로는 준비 없이 말을 꺼내고 준비되지 않은 대답을 돌려주어 선문답을 만들기도 하고, 때로는 회피하고 방어하기 위한 전략으로 그런 말을 사용하여 중심으로 천천히 들어가기도 하는 것이다. 게다가 표준어로 정제하지 않은, 경상도 방언으로 이루어진 대화이기 때문에 독자는 이것이 답이 없는 대화일지언정 무심한 답을 하는 이와 어딘가 심통이 난 듯한 다른 이의 감정이 문장 너머로 툭툭 튀어오르는 것을 충분히 바라볼 수 있다.

이처럼 위대권의 시는 자신이 잘 알고 쓰는 현장의 낱말

을 그대로 차용하여, 시인의 삶과 언어를 일치시키면서 핍
진성을 제대로 다룰 줄 아는 면모를 드러낸다.

3. 연민과 공감의 시선으로 존재를 펼치다

위대권 시인은 내가 아는 어떤 사람보다 진정성이 있고
사람을 평등하게 대우할 줄 알며 겉으로는 사포처럼 거칠
지만 그 속은 기름지지 않고 질박하고 상냥하다. 시에서도
시인의 이런 시선이 고스란히 드러난다.

짙은 녹색 병에 담긴 알싸한 사이다
형과 같이 김밥 먹을 때 마시라고
엄마가 넣어준 사이다 한 병

형은 학년이 달라 더 멀리 갈 참이라
사이다가 내 차지가 되었다

이걸 언제 먹을까?

물가동네 일환이도 도시락을 싸 왔네
하얀 이밥인데 윗 칸에 빨간 고추장이 전부

그게 다
김밥이 얼마나 먹고 싶었을까?

녹색 병에 있던 상표는 몰라도
알싸한 그 맛만은 기억난다

쑥부쟁이 강아지풀 가득한 그 강둑에
비추이던 햇살은 정말
따스하기만 했을까?

– 「김밥과 사이다」 전문

　시인은 그 자신도 가난한 처지이면서 타인을 바라보는 시선이 거칠지 않다. 물가 동네 '일환이'의 도시락을 살피는 눈에서 그런 시선이 드러난다. '하얀 이밥'이지만 반찬이 보잘것없다. 위칸에 담긴 '빨간 고추장'이 소풍날마저 특식을 먹지 못하는 동네 아이의 처지를 고스란히 보여준다. '김밥이 얼마나 먹고 싶을까?'하고 시인은 일환을 연민한다. 고추장 색깔만큼 선명하게 눈에 밟히는 가난이고 슬픔이다. 따라서 '햇살은 정말 따스하기만 했을까?'라고 그 시절을 돌이켜 보며 던지는 질문은, 일환과 같은 시대를 같이 가난하게 지나온 자신의 삶에 대한 자조이기도 할 것이다.

초등학교 2학년 겨울 아침은 참말 추웠다
윗목엔 언 걸레가 돌덩이 되어 이리저리 발에 채였다
밤새 추워 잘못될까 싶어 버꾸를 정지 안으로 넣었다
새벽에 탄을 간 엄마가 정지문을 살짝
열어 놓는다는 걸 그날은 깜빡 잊었고

그 귀하다던 백색 아이스께끼를 먹고
나무대문을 지나 오줌을 누고서
연탄재마저 언 골목을 따라갔다
뒷다리를 비틀거리며 비틀거리며
걷는 버꾸를 안고서 두 눈 꼭 감고 기도했다

하늘에 있는 하느님, 저 첨 부탁인데요.
울 버꾸 제발 살려주세요. 우리 버꾸 살려주세요 제발!

(중략)

그길로 마당에 퍼질러 앉아 다리를 접었다 폈다 몸을 까뒤집
으며 발광을 했다
오래도록 울었다

평소 짠 울 엄마가 쥐어 준 핫도그 50개나 되는

하늘 나는 학이 들어있는 은사실 같은

500원짜리 동전도 싫었다

언제나 어느 때나 맞잡고 뽀뽀하던 울 버꾸

작별인사도 못 하고

가는 모습도 못 본 내 버꾸

(중략)

그 장판이 버꾸 가죽 같아서 밤마다

얼굴을 장판에 부비면서

부비면서 울었다

(중략)

아쉽고 그리운 세월의 독이 쌓인 가슴에서

외로움의 자락들이 조금씩

널 안은 오른쪽 가슴속에서

조금씩 새어 나가는 걸 보았다

– 「내 사랑 버꾸」 부분

시집에 실린 시 중 단연 가장 긴 분량으로 쓰인 시가 「내 사랑 버꾸」이다. 수십 년 전의 사건이지만 진심으로 아끼고 사랑했던 존재를 갑자기 잃으면서 받은 충격과 그리움의 정서가 아직 바래지 않았다는 것을 알 수 있을 만큼의 길이이다. 하늘에 빌고 빌며 '버꾸'라는 존재의 안위를 바랐던 한 아이에게는 존재의 전부나 다름없는 '버꾸'와 인사도 하지 못하고 헤어진 것이 정서적으로 큰 상처를 주었던 것이다. 당시는 '가난'이 너무나 압도적이어서, 아이가 입을 내상보다 물질적인 보상이 더 중요했다. 그것은 어른의 이성과 논리이고 차가운 현실의 세계이다. 아이는 아직 그런 냉정한 세계로 입문하지 못했기 때문에, 한 존재 전체를 물질과 맞바꿀 수 있다는 것을 받아들일 수 없다. 그래서 새로 깔린 장판을 '버꾸'의 '가죽'이라고 생각하고 통곡하며, '아쉽고 그리운 것'이 '독'으로 쌓인 어른으로 자라난 뒤에야, '외로움의 자락'들이 '새어나가는' 것을 직시할 수 있게 된다. '버꾸'에 대한 연민과 미안함, 죄책감이 녹아든 시인의 감정은 순수하고 뜨거운 것이다. 이것은 인간뿐만 아니라 동물을 대하는 신뢰할 수 있는 한 인간의 시선이며 감정의 그릇에 담긴 과거의 시간을 오롯이 반영하면서 독자의 마음을 울리는 노래이다.

퀴퀴하게 곰삭은 냄새와 담뱃내 찌든 벽에 걸린
흰 아크릴판에 서툴게 쓴 세로글씨 몇 개

국밥 이천원
따로국밥 이천오백원
막걸리 천오백원
소주맥주 이천원

세평도 안되는 식당 가운데에 삼구이탄짜리 힘 좋은 연탄난로
찬바람 맞고 들어온 객들을 불가로 모여들게 하고

빛바랜 플라스틱 사각통엔 다진 고추 다진 파
거칠어진 손으로 여는 수저통이 있을 뿐

다닥다닥 붙은 자리, 자리 중에 몇몇은 세상사 한탄에 벌써
막걸리에 욕이 섞이는데 머리 곱게 센 부부 조용히 앉아 있다
손 불편한 부인에게 남편이 선지를 떠 넣어주고 있다

벌써 몇 해째 지갑 없는 내 잠바 속엔 두세 갈래로 접힌 지폐 한
장과
끝 꾸려진 온전한 천 원짜리를 더듬는데

간장에 담궈졌어도 제 성질 못 버리는 고추 몇 개와
이도 잘 안 들어가는 깍두기 몇 개와

뜨거운 국밥이 쟁반에 나왔다
뜨거운 국밥을 먹고 나서도 늘 배 안쪽이 허전한 것은
내가 너무 가난에 익숙해져 살아왔기 때문이다

벌건 눈으로 식당 밖으로 나오자
머리 위 회색빛 하늘에서 먼저
하얗게 눈물이 떨어져 내리고 있었다

– 「강호식당」 전문

　시인은 '강호식당'의 정경을 묘사한다. 그곳은 '세 평도 안 되는 식당'이고 '이천 원'짜리 국밥을 파는 곳이다. '퀴퀴하고' '찌들고' '담뱃내'가 배어 있고 '빛바랜' 공간이다. 그러나 시인은 그곳에서 빛바래지 않은 존재들을 목격한다. 욕이 오고 가는 거칠고 상스러운 분위기 속에서도 '머리 곱게 센' 부부가 보인다. 손이 불편한 아내에게 '선지를 떠넣어 주는' 남편의 모습을 시인은 가만히 바라본다. 그러면서 '간장에 담궈졌어도 제 성질 못 버리는 고추'와 역시 고집스러워 보이는 '이도 안 들어가는 깍두기'를, 부드럽고 다정하고 따뜻한 부부의 무르디 무른 모습과 대조시킨다. '너무 가난에 익숙해져 살아왔기 때문'에 언제나 배가 헛헛하고 '허전'하다고 말하지만, 그 가난은 물질적 가난만을 말하는 것이 아니다. 독한 간장에 담가도 안 죽고 성질을

117

못 버린 고추처럼, 이도 들어가지 않는 단단한 깍두기처럼, 자기 존재의 모난 부분, 딱딱하고 다져지지 않고 물러지지 않는 거친 면을 식당 안에서 새삼 깨닫는다. 그것은 정서적 가난이고 감정적 허기이다. 그 중심에는 '외로움'이 있다. 연민과 공감과 한편 성찰의 눈으로 부부를 바라본 시인은 그들이 나누는 다정한 감정과 배려에 마음을 준 바람에 '벌건 눈'을 하고 식당을 나와 '눈물'처럼 떨어지는 눈을 맞는다. 그 눈은 뜨거워진 마음을 달래주는 위로였을 것이고, 고독과 쓸쓸함에 젖어 있는 시인의 어깨를 안아주는 손길이었을 것이다.

위대권 시집의 이 살뜰하고 아름다운 시들은 모두, 담백하고 솔직하며 그의 삶과 일치한다. 시인은 몸으로 시를 쓰는 것이라 했다. 자기 몸을 가지고 자기 말투를 가진 사람이 시인이 될 자격이 있다. 위대권 시인, 그가 몸 밖으로 밀어낸 것이 곧 이 시들이다. 거칠고도 순한 언어 속에, 감추지 않음으로써 도리어 울림을 주는 세계가 들어있다. 자신의 언어와 리듬으로 뼈를 세우고 그 뼈를 깎으며 선해지는 것이 시라면, 이것이 시다.

나는 이것이 진정한 시라고 믿는다.

광연행 버스
위대권 시집

2023년 12월 1일 인쇄
2023년 12월 10일 발행

지은이   위대권
펴낸이   소현우

펴낸곳   도서출판 무늬
등록번호 제450-251002017000021호
주소   32555 충남 공주시 교당길 21-13
전화   041-881-2595
이메일   muneui@hanmail.net

ⓒ 위대권
ISBN 979-11-980397-2-9 03810
값 10,000원